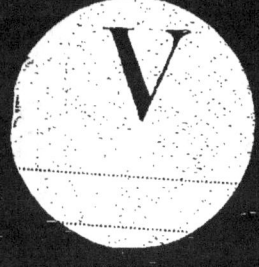

TRAITÉ ÉLÉMENTAIRE

DU

JEU DES ÉCHECS.

La formalité du dépôt ayant été remplie, je déclare que je poursuivrai devant les tribunaux tous contrefacteurs de cet ouvrage.

A LUNÉVILLE,

DE L'IMPRIMERIE DE GUIBAL.

TRAITÉ
ÉLÉMENTAIRE
DU JEU
DES ÉCHECS,

Contenant la marche et la portée des
pièces, les règles, les principes
généraux et particuliers, l'analyse
des principaux coups et les différens
moyens d'attaque et de défense,

PAR ULYSSE D.***

PARIS,

Chez MASSON, Libraire, rue Haute-
feuille, n° 14.

1823.

AVANT-PROPOS.

———

Le défaut d'un traité élémentaire sur le jeu des Echecs a donné l'idée de celui qu'on offre aujourd'hui au public. On a pensé qu'il pourrait être utile aux commençans, qui manquent d'occasions pour faire leur partie avec de forts joueurs, et sont ainsi privés des moyens d'arriver à une force semblable. A plus juste titre,

le jugera-t-on d'une nécessité absolue pour le nombre
considérable de ceux que
la réputation du plus beau
des jeux, leur curiosité natu-
relle ou le désir d'y chercher
un recours contre l'ennui,
porteraient à le pratiquer, si
leur éloignement d'une personne capable de leur en
donner la clef, n'y mettait un
obstacle insurmontable. On
observera à cet égard que le
peu de joueurs d'échecs que
l'on rencontre dans la socié-
té, doit rendre cette posi-

tion assez fréquente. L'ou-
vrier même qui fabrique les
pièces, le marchand qui les
vend, en ignorent très-souvent la marche, et laissent
ainsi l'acheteur qui la leur
demande, dans le même em-
barras qu'auparavant. Par
sa complication, cette marche devient une énigme i-
nextricable pour la plupart
de ceux qui regardent jouer
avant de s'en être fait donner l'explication. C'est le
premier objet que traitera
ce petit livre, et l'on se flatte

que cette partie ne lais-
sera rien à souhaiter du côté
de la clarté et de la préci-
sion. Un objet non moins
important à connaître, ce
sont les règles. Elles n'existent presque plus que dans
la tradition; l'édition im-
primée il y a déjà long-
temps, en forme de tableau,
étant épuisée. On a cru d'autant plus indispensable d'en
publier un nouveau code,
qu'elles ont été altérées dans
plusieurs pays, et que ces
différences peuvent être

pour des joueurs étrangers les
uns aux autres, une source
de discussions interminables.
D'ailleurs la rédaction est
conforme à l'usage reçu à Paris et mis en vigueur par les
praticiens les plus célèbres.

Aucun des ouvrages pré-
cédemment publiés sur les
échecs ne présente un cours
spécial des principes généraux ou particuliers à une
pièce quelconque. La plu-
part ne les démontre que
dans des notes éparses, et

I.

qu'à mesure que les difficul-
tés des coups exigent des
observations. On y a consa-
cré dans celui-ci une dis-
sertation, qui, pour être courte, n'en est pas moins com-
plète. On y a apporté tout
l'ordre et toute la concision
dont le sujet a paru susceptible, en traitant chaque
principe dans un article à
part, de sorte que cette réu-
nion de principes forme un
code dont un bon joueur ne
devra pas plus s'écarter que
de celui des règles.

Vient ensuite l'analyse des principaux coups et des divers moyens d'attaque et de défense. On y a joint des exemples, afin d'en rendre l'intelligence plus facile ; mais on ne les a pas multipliés ; d'abord parce que de grands maîtres ont donné des parties toutes faites, et qu'on n'aurait pu que suivre pas à pas leurs savantes combinaisons, sous peine de s'égarer ; en second lieu, parce qu'à l'exception de quelques positions particulières, où il n'y a pas d'alternative entre jouer de telle ou telle manière pour perdre ou gagner, il est rare que les autres positions exigent évidemment le coup prescrit par le maître, et que l'élève ne soit pas dans le cas de lui demander quel aurait été le résultat du coup dans une autre hypothèse.

En un mot, l'auteur a voulu donner un livre élémentaire et non faire preuve de savoir. Son but étant d'être utile et non d'éblouir,

le succès que pourrait obte-
nir son petit traité ne trou-
blera le repos de personne.

INTRODUCTION.

L'E jeu des Échecs est sans doute de la plus grande antiquité, puisque certains auteurs en font remonter la découverte jusqu'au règne d'Ammolin, roi de Babylone, en disant que le philosophe Serse, conseiller de ce monarque, l'inventa pour le détourner de son penchant naturel à la cruauté. Ce jeu n'a cessé depuis les siècles les plus reculés, de contribuer à l'amusement des plus fameux héros, tant anciens que modernes.

L'opinion la plus générale l'attribue à Palamède. Homère, dans son Odissée , rapporte que les princes , amans de Pénélope , jouaient aux Échecs devant la porte de cette belle. Mais , ne peut-on révoquer en doute cette assertion , qui prouverait seulement que ce jeu n'était pas inconnu à cette époque , et qui ne donnerait néanmoins sur son origine aucun indice certain et authentique?

On lit dans le dictionnaire abrégé de la Fable par M. Chompré :

« Palamède , fils de Nauplius , roi
« de l'île d'Eubée et arrière - petit-
« fils de Bélus , découvrit la feinte
« d'Ulisse , qui contrefaisait l'insensé ,
« pour ne point aller à la guerre de
« Troie. On croit que Palamède

« inventa les jeux d'Échecs et de dés
« pendant le siège , aussi bien que les
« poids et les mesures ».

Outre Homère , qu'on a déjà cité,
les autres auteurs qui ont accrédité
cette opinion sont Hérodote , Euri-
pide , Sophocle , Philostrate , etc. Il
est vrai qu'étant Grecs comme Pala-
méde , la vanité nationale a pu in-
fluencer le jugement de ces grands
hommes en faveur de leur compatriote.
Virgile , Sénèque , Ovide , Horace ,
Quintilien , etc. , poëtes et philoso-
phes Romains l'ont confirmé de leur
autorité.

Cependant , telles que les douze
grands travaux que le fils d'Alcmène
passe pour avoir surmontés seul, et

qui, d'après Cicéron, ont été exécu‑
tés au moins par six héros portant
le nom d'Hercule, les découvertes des
jeux sont attribuées presque toutes à
l'ingénieux Palamède.

On trouve dans un ouvrage inti‑
tulé : *Anecdotes françaises*, la note
ci‑jointe :

« On prétend que le jeu des échecs
« nous est venu des Indes. Vers le
« cinquième siècle, un sage Bramine
« l'avait imaginé pour servir de leçon
« à un jeune prince impétueux, et
« qui traitait ses sujets sans ménage‑
« ment. En voyant un jeu où le Roi,
« la plus importante de toutes les
« pièces, ne peut attaquer ni se dé‑
« fendre que par le secours de celles

2

« qui l'environnent, comme autant
« de sujets, le Prince, qui avait de
« l'esprit, s'en fit l'application; et
« voulant récompenser le philosophe
« Indien, il lui fournit lui-même
« l'objet d'une nouvelle instruction,
« qui ne lui était pas moins nécessaire.
« Le monarque laissa au Bramine le
« choix de la récompense. Celui-ci
« demanda autant de grains de blé
« qu'en produirait le nombre des ca-
« ses de l'échiquier, en doublant tou-
« jours la multiplication depuis la
« première case, jusqu'à la soixante-
« quatrième; ce qui lui fut accordé
« sans examen. Alors le philosophe
« démontra au prince l'impossibilité
« de remplir l'engagement qu'il ve-
« nait de contracter. Il disposa ainsi

« le calcul des grains de blé, en sup-
« posant treize mille cinq cent quatre
« vingt quatre villes, dont chacune
« contiendrait mille vingt-quatre gre-
« niers, dans chacun desquels il y
« aurait cent soixante-quatorze mille
« sept cent soixante-deux mesures, et
« dans chaque mesure, trente-deux
« mille sept cent soixante-huit grains ».

Cette note semble donner à un philosophe Indien des prétentions à la
découverte du jeu d'échecs. Quoiqu'elles ne soient pas appuyées d'un
aussi grand nombre d'autorités que
celles du prince grec, elles ne laissent
pas d'être soutenues par quelques bons
auteurs.

Dans un livre portant pour titre :

Voyages à Pékin, *Manille et l'île*
de France, etc., par M. de Guignes,
on lit ce qui suit :

« Les personnes de distinction ou
« au-dessus du commun (en Chine)
« jouent aux échecs ; ce jeu est fort
« ancien et l'on en ignore l'inven-
« teur. Il a, comme le nôtre, trente-
« deux pièces, seize pour chaque
« joueur ; mais les pièces sont diffé-
« rentes. Il n'y a point de Reine : au
« lieu de huit pions, il n'y en a que
« cinq ; mais il y a d'autres pièces
« en place ».

« Le damier est composé de soi-
« xante-douze cases formées par neuf
« rangs de lignes parallèles et par huit

« autres transversales. Les Chinois
« ne posent pas les pièces dans le vide
« des cases, mais sur les points d'in-
« tersection ».

« Le Général est placé au milieu
« de la première ligne du côté du
« joueur, ayant à sa droite et à sa
« gauche un assesseur, un éléphant,
« un cavalier et un charriot; ce qui
« fait neuf pièces; les deux canon-
« niers sont placés seuls, sur la troi-
« sième ligne, l'un et l'autre vis-à-
« vis des cavaliers. Les soldats, au
« nombre de cinq, précèdent immé-
« diatement les canonniers et sont
« posés sur la quatrième ligne dans
« l'ordre suivant : un soldat en face
« de chacun des charriots, un autre

2.

« en face de chaque éléphant, et le
« dernier, ou celui du milieu, en
« face du général. Entre les soldats
« du joueur et ceux de son adversaire,
« il y a deux lignes vides ».

« Le général ne sort jamais des
« points d'intersection formés par les
« quatre cases qui sont auprès de lui :
« les deux assesseurs sont à ses côtés :
« ils remplacent nos fous et marchent
« de même. Les deux éléphants, qui
« viennent ensuite n'existent pas chez
« nous ».

« Les cavaliers sont comme les nô-
« tres, et les chariots tiennent la
« place de nos tours. Les canonniers
« précèdent les cavaliers ; ils mar-
« chent comme les chariots, et ne

« peuvent prendre aucune pièce, s'il
« n'y en a une autre qui les en sé-
« pare ».

« Les cinq pions ne prennent pas
« de côté, mais en avançant et sans
« jamais reculer ».

« Les cavaliers n'attaquent pas le
« roi ennemi, à moins qu'il n'y ait
« une pièce de son jeu entre eux et
« lui; celui-ci se défend en se reti-
« rant sur un autre point, ou en
« mettant une autre pièce devant lui,
« ou en se découvrant le côté et fai-
« sant retirer son soldat. Ce jeu est
« estimé à la Chine, et l'on fait cas
« de ceux qui le connaissent bien ».

Ces différences bien sensibles, non-
seulement dans les règles, mais en-

core dans la composition, qui existent entre le jeu des échecs des Chinois et le nôtre, ont porté quelques personnes à croire qu'il n'est pas impossible qu'il ait été découvert chez deux peuples anciens séparément, et par deux hommes distincts. Cette opinion leur a paru d'autant mieux fondée que les Chinois n'ont guère eu de rapports avec les Européens que depuis une époque peu reculée, et que les Chinois ignorent eux-mêmes l'origine de ce jeu, qu'ils semblent avoir pratiqué depuis des siècles.

L'attachement de ces peuples pour les usages de leurs ancêtres, fait, il est vrai, supposer qu'ils se sont transmis ce jeu de père en fils, sans en

altérer ni les règles ni la composition.
Le Chinois n'est pas novateur, et s'il
eut reçu ce jeu de Palamède, il est
probable qu'il ne l'eût pas défiguré.

D'un autre côté, le degré de civi-
lisation où les Indiens étaient parve-
nus depuis un temps immémorial,
lorsque nous étions encore dans la
barbarie; la ressemblance des doctri-
nes religieuses adoptées en Chine,
avec celles qui régent dans l'Inde, et
dont la source, d'après le sentiment
de plusieurs savants, dérive des lois
de Menou;

Tout porte à croire que le jeu des
Echecs a pu être apporté d'Inde en
Chine par quelques Bracmanes, lors-
qu'ils sont venus prêcher dans ce der-

nier pays ; et que les Chinois le jouent tel qu'il a été inventé par le philosophe Indien, dont on a parlé plus haut.

Soit que le jeu des Echecs ait été découvert par Palamède ; soit qu'on le doive à un philosophe Indien, ou même qu'ils en soient séparément chacun les auteurs, il est incontestable que c'est un des jeux les plus anciens. Malgré les preuves sans nombre de son origine reculée, il n'est pas très-surprenant de voir des gens assez opiniâtres pour soutenir qu'il n'y a pas trois cents ans qu'il existe, quand on pense qu'il est moralement impossible d'en fixer l'auteur.

Quelques-uns veulent bien encore en reculer un peu plus l'époque, quand on leur prouve qu'on voyait dans le trésor de l'Abbaye de St-Denis, les échecs avec lesquels l'invincible Charlemagne se délassait (a) de ses fatigues.

D'autres, moins faciles à persuader, ne s'en rapportent qu'à leurs propres yeux, et consentent à lui donner sept siècles d'existence, quand on leur fait lire dans les archives du Royaume, une expédition de la défense qu'Eudes de Sully, évêque de Paris, fit en 1206, aux Ecclésiastiques de son diocèse de jouer aux échecs. Cette occupation était alors fort à la mode.

Mais pour rien comptent-ils donc l'autorité des auteurs Grecs et Latins,

_____

(a) Charlemagne vivait dans le huitième siècle.

qu'on a déjà cités plus haut? Il faut croire, ou qu'ils ne les entendent pas ; ou que, poussés par un esprit de dispute, ils interprètent les mots grecs et latins à contre-sens, plutôt par mauvaise foi que par ignorance.

Plusieurs personnes instruites ont écrit que les Egyptiens rangèrent le jeu des Echecs au nombre des sciences, dans un temps même, où personne ne les possédait qu'eux. Il ne serait pas surprenant qu'ils s'en fussent regardés comme les inventeurs ; mais cette opinion manque de preuves.

Sans s'occuper plus long-temps des divers sentimens qui ont plus ou moins été partagés sur son origine, on ne

pourra jamais disconvenir qu'il ne soit
celui des jeux connus et pratiqués de
nos jours où la tête ne prenne le plus
de part, et, par conséquent, le plus capable de reposer l'homme de génie de
ses travaux.

Ce n'est pas que le jeu de Dames ne
présente une série de coups intéres-
sans ; mais elle est bornée. Que le jeu
de Trictrac ne réclame une attention
aussi soutenne et des calculs continuels ;
mais ils sont soumis à la chance des
dés. Enfin, que le Billard ne fournisse
à l'œil et à la main exercés, des combinaisons dont les résultats soient assez
certains, mais elles dépendent d'une
bonne disposition physique. Mais où
trouver un champ aussi vaste pour

3

l'imagination ! Les traités les plus éten-
dus ont bien pu donner des parties
jouées de part et d'autre savamment,
mais non pas d'une manière invariable.

Il semble donc préférable de s'en
tenir à présenter un énoncé succinct
de la composition du jeu des Echecs,
de la marche de chaque piéce, des
règles dont on ne doit jamais s'écarter,
enfin des avis généraux et particuliers
sur les diverses situations où l'on peut
se trouver.

Mais la multiplicité des positions
étant infinie, il serait présomptueux de
prétendre parler de toutes.

Indépendant du hasard, des forces
et de l'adresse physiques, Ce jeu ré-

clame du raisonnement et une application soutenue. Le vieillard débile , mais
appliqué , pourra vaincre l'homme vi-
goureux , mais inattentif. Il ne sera
redevable de la victoire qu'à la bonne
conduite de son jeu , et le vaincu n'at-
testera pas sa mauvaise fortune comme
complice de sa défaite. On ne saurait
néanmoins disconvenir que peu de personnes réunissent toutes les qualités
requises pour le jouer dans la perfec-
tion. Posséder à fond la théorie est loin
d'être suffisant , si l'on n'y joint la pratique. Cette vérité incontestable d'ailleurs , regarde particulièrement le jeu
des Echecs. On s'en convaincra facilement pour peu qu'on réfléchisse qu'il
est bien peu de coups qui n'exigent ,
pour être conduits sagement , une rai-

son déterminante. Que de ramifications à parcourir dans l'espace aussi
court d'un coup à l'autre ! Que de conséquences à prévoir dans un instant !
Enfin que de soins divers ! C'est la res-
ponsabilité d'un général en chef qui pèse
sur votre tête. Comme lui , vous avez
un monarque à garantir des attaques
de votre adversaire, tandis que vous-
même cherchez à lui porter les coups
les plus décisifs ; C'est une armée en-
tière dont le moindre membre intéresse
au triomphe ou à la défaite de son
Roi, qu'il faut mener à la charge et
conserver à la fois.

Quelqu'indispensable que soit la
pratique , il faut en outre :

1°. De la mémoire , (b) afin d'avoir

_____

(b) On a vu des joueurs gagner une partie sans

toujours présent à votre esprit le jeu tout entier, et de ne pas oublier à mesure la situatiou de chaque pièce, sa faiblesse, ou sa force, etc.

2°. De la prudence et de l'attention, afin de mûrir dans votre tête chaque combinaison et de vous assurer tacitement de ses résultats, et de ne pas laisser votre adversaire changer aucune pièce de place, sans que vous en soyez instruit et que vous jugiez auparavant de sa portée.

3°. Enfin, un peu d'imagination et de sagacité, afin d'être sans cesse prêt à tendre un piège à l'ennemi et à deviner et déconcerter ses projets.

Sans chercher au reste dans cette

avoir d'échiquier devant les yeux, et dictant d mémoire ce qu'il y avait à faire.   3.

courte introduction à démontrer les longues études dont le jeu d'Echecs est susceptible, il suffit à son éloge que de grands rois, des guerriers célèbres et des savants illustres en aient fait le plus grand cas; que de montrer Charles XII (c) jouant aux échecs à Bender, et trouvant dans cette récréation intéressante un moyen d'alléger l'ennui de sa captivité et de sustenter l'activité de son génie; que de citer un monarque ambitieux et guerrier (d) perdant

---

(c) Pour tout amusement, il jouait quelquefois aux Echecs. Si les petites choses peignent les hommes, il est permis de rapporter qu'il faisait toujours marcher le Roi à ce jeu; il s'en servait plus que des autres pièces, et par là perdait toutes les parties. *Histoire de Charles XII, par Voltaire.*

(d) Edouard, roi d'Angleterre; il est ici question de la ville de Rouen.

une place importante, pour n'avoir pas
voulu distraire son attention d'une partie d'Echecs.

A des exemples si capables de prou-
ver jusqu'à quel point ce jeu offre d'intérêt, n'ajoutons plus qu'un seul; celui
d'un Romain (e) jouant aux Echecs

(e) . . . . *Ludebat* (Canius Julius) *latrun-*
culis, cùm centurio trahens ad supplicium
agmen hominum morte damnatorum, illum
quoque accersi jussit. Vocatus, numeravit cal-
culos, et ei quocum ludebat : vide, inquit,
eris me uno calculo antecedere. . . .

Senec. de tranq. c. 14.

. . . . Canius Julius jouait aux Échecs, lorsqu'un centurion, traînant au supplice une troupe
d'hommes condamnés à mort, donna ordre à ses
gens qu'on le lui amenât aussi. S'entendant appe-
ler, Canius compta ses pièces, et dit à celui avec

sur le point d'aller au supplice et prenant à témoignage le chef de son es-
corte, qu'il avait une pièce de plus, de
peur, disait-il, qu'après sa mort, il ne
passât pour avoir perdu la partie.

Si le courage et la fermeté de ce Romain dans ce moment critique, ont
paru dans tout leur jour; l'intérêt que
cet homme intrépide prenait à sa partie d'Echecs en ressort naturellement;
il en est inséparable.

---

lequel il jouait : *faites bien attention, pour
n'avoir pas la fausseté de prétendre après ma
mort que vous m'avez vaincu. Alors appelant le
Centurion, soyez témoin dit-il, que je l'emporte d'une pièce.* Sénèque, sur la trau.

MODÈLE

D'UN

ÉCHIQUIER BIEN TOURNÉ.

CHAPITRE PREMIER.

§ Ier. *Composition du Jeu des Echecs.*

Le Jeu des Echecs se compose : 1°.
d'une tablette, nommée Echiquier.

L'échiquier est une table divisée par
soixante-quatre carrés, ou cases blanches et noires, formées par huit rangs
de lignes parallèles et par huit autres
transversales, de manière que la tour
de la droite soit placée sur une case
blanche. (*Voyez page* 33.)

2°. De trente-deux pièces dont seize
blanches et seize noires.

S A V O I R :

2 Rois.
2 Reines.
4 Tours.
4 Cavaliers.
4 Fous.
16 Pions.

32 pièces en tout.

§ II. *Position des pièces sur l'Echi-quier.*

JEU BLANC.

Le Roi sur la 4ᵉ. Case noire à droite.
La Reine sur la 4.ᵉ case blanche à gauche.

Le Fou du roi sur la 3ᵉ. case blanche à droite.

Le Fou de la reine sur la 3ᵉ. case noire à gauche.

Le Cavalier du roi sur la 2ᵉ. case noire à droite.

Le Cavalier de la reine sur la 2ᵉ. case blanche à gauche.

La Tour du roi sur la première case blanche à droite.

La Tour de la reine sur la première case noire à gauche.

JEU NOIR.

Le Roi sur la 4ᵉ. case blanche à gauche.

La Reine sur la 4ᵉ. case noire à droite.

Les autres pièces comme ci-dessus, deux Fous, deux Cavaliers, deux Tours.

Les pions, au nombre de huit pour chaque jeu, se placent sur les huit cases blanches et noires de la 2e. ligne, de sorte qu'il y ait un pion devant chaque pièce.

Entre les pions du joueur et ceux de son adversaire, il y a quatre lignes vides.

Il est à remarquer que de la couleur de la Reine dépend la position des autres pièces. La Reine blanche se place toujours sur une case blanche et la Reine noire sur une case noire.

4

CHAPITRE II.

Marche et portée des Pièces.

LE ROI.

Le Roi ne peut faire qu'un pas à la fois. Il se place sur les huit cases qui l'environnent.

Il n'a cette faculté que lorsque ces cases sont libres, c'est-à-dire,

1°. Quand elles ne sont pas occupées par des pièces de son propre jeu;

2°. Quand elles ne le sont pas par des pièces défendues du jeu de son adversaire;

3°. Quand elles ne sont pas battues par des pièces du même jeu.

Le Roi ne peut être pris, ni prendre le Roi ennemi. Il prend toutes les autres pièces qui lui sont contiguës, lorsqu'il peut le faire sans se mettre lui-même en prise.

Une fois seulement par partie, le

Roi peut roquer soit avec la Tour de sa Reine , soit avec la sienne propre.

Il ne lui est permis de le faire que lorsque ni lui ni la Tour n'ont encore changé de place. Il est encore indispensable, pour qu'il ait la faculté de roquer, que les cases qui séparent le Roi de la Tour, soient libres et hors de la portée d'aucune pièce ennemie.

Le Roi roquant avec sa propre Tour, se place sur la deuxième case à droite , qui est celle de son Cavalier et la Tour sur la troisième blanche à côté du Roi.

Le Roi roquant avec la Tour de sa Reine , se place sur la troisième case à gauche , qui est celle du Fou de sa

Reine, et la Tour sur la quatrième
case blanche à côté du Roi.

Il faut remarquer que c'est la seule
occassion où le Roi puisse faire deux
pas.

———————

LA REINE.

La Reine marche à la fois carrément et obliquement (*a*). Elle parcourt autant de cases qu'il s'en trouve de libres dans ces directions.

(*a*) **Obliquement.** c. a. d. par les angles en gardant la même couleur, comme une dame damée du jeu de Dames.

Il ne lui est pas permis de sauter par-
dessus une autre pièce.

La portée de la Reine correspond à
sa marche.

LA TOUR.

La Tour marche carrément. Elle a, comme la Reine, la faculté de prendre ce qui est à sa portée dans cette direction.

LE FOU.

———

Le Fou marche obliquement. Il a,
comme la Reine, la faculté de prendre
ce qui est à sa portée dans cette direction.

LE CAVALIER.

Le Cavalier saute du blanc au noir, et du noir au blanc, de manière qu'étant sur un blanc, il batte huit cases noires et *vice versâ*. Les cases battues par le cavalier ne peuvent être qu'à une distance de deux lignes, soit parallèles, soit transversalles. La portée du cavalier correspond à sa marche.

REMARQUE.

Toutes les pièces ci-dessus ont la faculté de reculer ou revenir sur leurs pas.

A. Portée du cavalier.
B. Portée du pion.

LE PION.

Le Pion peut faire deux pas la première fois qu'il bouge seulement. Il n'en peut faire ensuite qu'un seul. Il ne recule jamais et s'avance carrément, sans avoir la faculté de s'écarter ni à droite ni à gauche de sa ligne, à moins qu'il ne prenne.

Sa portée est oblique ; il prend les

pièces qui lui sont contiguës dans cette direction, mais en avant seulement.

Arrivé à la lisière de l'échiquier, il vaut une Reine et en acquiert alors la marche et la portée.

———

CHAPITRE III.

Règles du jeu des échecs.

ARTICLE PREMIER.

Le trait est le droit de jouer le premier. Le sort en décide à la première partie. Pour les autres, il appartient ordinairement au perdant, à moins de conventions préalables.

ARTICLE II.

Chaque joueur joue alternativement chacun à son tour.

ARTICLE III.

Quand on touchera une pièce de son jeu, on sera tenu de la jouer.

ARTICLE IV.

Quand on enlevera une pièce en prise du jeu de son adversaire, on ne pourra plus se dispenser de la prendre.

ARTICLE V.

Toute pièce abandonnée après avoir été jouée, le sera irrévocablement.

ARTICLE VI.

Les articles 3, 4 et 5 ne seront pas applicables au joueur qui touchera une pièce pour un motif étranger à la partie ; mais il sera tenu dans ce cas d'avertir son adversaire de son intention, en disant : *j'adoube*.

ARTICLE VII.

Le roi ne pouvant être pris, toutes les fois qu'on le mettra en prise, on prononcera le mot : *échec.*

ARTICLE VIII.

Toutes les fois que le roi sera mis en échec par une pièce quelconque, il doit avant tout parer l'échec, soit

1° En changeant de place ;

2° En prenant la pièce qui l'attaque ;

3° En se couvrant d'une pièce de son jeu.

Cette dernière façon de parer l'échec, devient insuffisante pour celui du cavalier. La portée de cette pièce n'étant pas interceptée, lorsqu'il y en a une autre qui la sépare du roi.

ARTICLE IX.

Quand le roi est mis en échec, qu'il ne peut ni prendre la pièce qui l'attaque, ni changer de place sans se mettre en échec, ni se couvrir d'une de ses pièces, il est *mat* et la partie est perdue.

ARTICLE X.

Lorsque le roi, sans être en échec, ne peut jouer sans se mettre en échec; qu'il est seul de sa couleur, ou que les pièces de son jeu se trouvent dans l'impossibilité de jouer, il est *pat* et la partie est nulle.

5.

ARTICLE XI.

La partie ne sera gagnée que lorsqu'un des deux rois sera fait *mat.*

ARTICLE XII.

Lorsque le roi d'un joueur s'est mis
par inadvertance ou a été mis en échec,
son adversaire, même après plusieurs
coups, a le droit, sitôt qu'il s'en apperçoit, de dire échec à ce roi et de
jouer en même temps une pièce quelconque de son jeu.

ARTICLE XIII.

Toutes les fois qu'on fera faire une
fausse marche à une pièce, on sera
forcé de jouer le roi, après avoir remis ladite pièce à sa place.

ARTICLE XIV.

Toutes les fois qu'on enlevera une pièce non en prise du jeu de son adversaire, on sera forcé de jouer le roi, après avoir remis ladite pièce à sa place.

ARTICLE XV.

Il est permis au roi de roquer, quand ni lui ni la tour n'ont bougé dans la partie. Il ne peut passer sous l'échec en roquant, ni roquer étant en échec.

ARTICLE XVI.

Le pion (comme on l'a vu dans le 2ᵉ chapitre) peut faire deux pas la première fois qu'il bouge seulement.

ARTICLE XVII.

Dans le cas où un pion, en faisant deux pas, passerait sous la portée d'un pion ennemi, il pourra être pris par ce même pion comme s'il n'avait fait qu'un pas. Cette règle n'est pas, applicable aux autres pièces.

ARTICLE XVIII.

Quand un pion arrive sur la dernière ligne, il fait une reine.

CHAPITRE IV.

§ Iᵉʳ *Principes généraux.*

———

Il y a dans le jeu des échecs des principes, dont on doit rarement s'é-carter.

I. Un bon joueur aura soin de toujours développer ses pièces de ma-nière à en avoir le plus possible à sa disposition, soit pour attaquer, soit pour se défendre. (*Voyez le chapi-tre neuvième*).

II. Avant d'entreprendre une atta-que, il ne négligera jamais de mettre son roi en sûreté, soit en roquant, soit en l'entourant d'une garde suffisante.

III. Si on met son roi en échec,
il préférera ordinairement le changer
de place que de le couvrir d'une
pièce qui serait paralisée, tant que la
pièce qui bat le roi n'aurait pas changé
de position.

IV. Il évitera en se retirant de placer le roi sur une case de même couleur que celle de sa dame, de sa tour
ou de toute autre pièce, afin de fuir
les doubles échecs.

V. Si on attaque une de ses pièces
et qu'il ait la faculté de prendre la
pièce qui l'attaque, il aura pour principe de prendre le premier, afin de

reprendre le dernier, s'il y a lieu, et d'avoir encore l'attaque, dans le cas contraire.

VI. Comme il n'ignorera pas qu'il est toujours dangereux de laisser le fou du roi de son adversaire sur la ligne qui bat le pion du fou de son roi, outre que cette pièce est indubitablement celle qui peut lui nuire dans l'attaque, s'il le peut, il s'empressera de lui opposer le fou de sa reine et de s'en défaire par une autre pièce, quand l'occasion s'en présentera.

VII. Il se gardera bien de placer sa reine, ou toute autre pièce importante soit devant, soit derrière son roi, pour éviter que le roi étant mis en échec, elle ne devienne la proie de la pièce qui attaque le roi.

VIII. A moins d'être certain du *mat*, s'il a une pièce en prise, surtout si elle l'est par un pion, il aura la prudence d'attendre pour donner l'échec, de garantir sa pièce menacée, parce qu'en parant l'échec, le roi de son adversaire peut attaquer à son tour la pièce qui l'attaque, et qu'il se trouverait alors dans le cas de perdre l'une ou l'autre de ses pièces.

IX. Il empêchera tant qu'il pourra les tours de l'ennemi de se doubler, surtout lorsqu'il y aura une ouverture dans le jeu. Dans ce cas, il proposera d'abord à changer.

X. Il placera le moins possible sur une même ligne deux pièces de son jeu à une case de séparation, pour ne pas s'exposer à les voir attaquer à la fois par un pion soutenu de son adversaire, parce que dans cette position, l'une ou l'autre de ses pièces ne peut éviter de devenir la proie du pion.

XI. La partie ne pouvant être gagnée sans faire *mat*, il dirigera tous ses efforts vers le roi ennemi et il n'abandonnera les échecs que s'il y est forcé par une circonstance imprévue.

XII. Il aura soin de ne pas laisser son roi sous la portée d'aucune pièce ennemie, pour éviter d'être victime d'une découverte.

6

Il ne défendra pas non plus, par une pièce qui le couvre, une autre pièce de son jeu; de peur qu'elle ne soit prise impunément, dans le cas où celle qui la soutient ne pourrait jouer, sans mettre le roi en échec.

§ II. *Principes particuliers au pion.*

Les pions, faisant des reines, peuvent, lorsqu'ils sont bien conduits, décider de la perte ou du gain d'une partie. Il y a dans la marche des pions des principes qu'on doit généralement observer.

I. Un bon joueur jouera, au premier coup, le pion du roi deux pas, ensuite le pion du fou de sa reine un pas, enfin le pion de la reine deux pas. Il poussera ce pion deux pas pour mettre la force de ses pions dans l'échiquier, ce qui est de grande conséquence pour parvenir à faire une reine.

II. Il regardera comme une règle générale d'éviter de changer le pion de
son Roi pour le pion du fou du Roi de
son adversaire, à moins qu'il n'y soit
forcé par des incidents qui se rencon-
trent quelquefois dans la défense, mais
rarement dans l'attaque. Il observera
également la même règle à l'égard du
pion de sa Reine, pour le pion du fou
ennemi, parce qu'il est certain que le
pion du Roi et de la Reine valent mieux
que tout autre pion, puisqu'en occu-
pant le centre, ils empêchent mieux
les pièces de son adversaire de battre
sur lui.

III. Il négligera rarement de pousser le pion de la tour de sa Reine deux
pas, pour donner du développement à

sa tour. Il poussera de même le pion de la tour de son Roi, si toutefois il n'a pas l'intention de roquer.

IV. Quand son adversaire aura un fou sur le blanc, il ne manquera pas de ranger ses pions sur le noir, parce qu'en tel cas, son fou sert à chasser le Roi ou les pièces qui veulent se glisser parmi eux.

V. Sachant fort bien par expérience que lorsqu'on réussit à faire une ouverture sur le Roi avec deux ou trois pions, la partie est absolument gagnée, il dirigera tous ses efforts vers ce but.

VI. N'ignorant pas aussi que les Cavaliers deviennent fort importans

6.

dans une partie avancée, il cherchera toujours, autant que possible, à disposer ses pions de manière qu'ils puissent arrêter l'entrée des Cavaliers dans le jeu.

VII. Lorsqu'il se trouvera deux corps de pions séparés du centre, il tâchera toujours d'augmenter celui qui est le plus fort, il préférera, s'il avait deux pions au centre, d'y réunir autant de pions qu'il pourra, ayant déjà observé que les pions du centre sont les meilleurs et les plus forts.

VIII. Il craindra de défendre le pion du Roi par le pion du fou du Roi, surtout au commencement d'une partie, parce que, dans cette position le Roi est trop à découvert.

IX. Cependant s'il avait défendu le pion du Roi par le pion du fou du Roi et que le Cavalier de son adversaire prît le pion de son Roi, il se gardera bien de reprendre le cavalier avec le pion du fou du Roi, mais avec sa Reine, il parera le coup sans préjudice. *(Voyez le Chap.)*

X. Si, à la fin d'une partie, il a deux pions, ou même un seul, il préférera perdre une pièce (*a*) pour conserver ses pions, parce qu'un seul pion peut aller à dame, et par conséquent lui faire gagner la partie, (*b*) et que

---

(*a*) Un fou ou un cavalier et non pas une tour, parce qu'elle suffit pour faire *mat*.

(Voyez chap. 12.)

(*b*) Quelques personnes prétendent que le *mat* par les cavaliers ou les fous, est forcé. Mais qu'il

deux fous ou des cavaliers ne peuvent faire *mat*, à moins d'une position tout à leur avantage.

XI. Par la même raison, s'il se trouve avec des cavaliers ou des fous seulement, contre deux pions ennemis, il préférera les sacrifier pour prendre les pions.

XII. Il est des occasions où il ne se pressera pas de roquer; mais où il attendra que son adversaire l'ait fait, soit du côté de la Reine, soit du côté de son Roi, afin de roquer du côté opposé et d'attaquer ensuite plus commodément

---

est très-long à faire et qu'un seul coup mal joué, est capable de reculer pour une multitude de coups, l'exécution de ce *mat*.

avec les pions qui se trouvent en face
du Roi ennemi.

XIII. Mais il aura encore pour
principe que, comme il est dangereux
dans une armée d'attaquer trop tôt son
ennemi, il l'est aussi au jeu des Echecs
de ne pas se presser, dans l'attaque,
des pions, avant qu'ils ne soient tous
bien soutenus et par eux-mêmes et par
ses pièces ; sans quoi son attaque devient abortive.

XIV. Il suivra cette règle générale
de ne point aisément se déterminer à
pousser ses pions des ailes droite ou
gauche, avant que le Roi de son adversaire n'ait roqué, puisque probable-
ment il se retirera toujours du côté où

vos pions sont le moins avancés, et par conséquent le moins en état de lui nuire.

C'est une Règle générale à suivre que de jouer le moins possible aucune pièce, sans qu'elle soit défendue.

Lorsqu'on défend une partie, on est souvent obligé de pécher contre les Règles générales, pour empêcher l'exécution des projets de l'adversaire ; mais celui qui attaque est rarement dans le même cas.

CHAPITRE V.

§ Ier. *Idée générale du jeu des Echecs.*

On a comparé avec raison une partie d'Echecs à une bataille rangée, dans laquelle deux armées employent, pour se vaincre, tantôt la force, tantôt l'adresse. Comme on voit quelquefois dans une affaire des chocs impétueux où les corps d'élite s'efforcent mutuellement de s'enfoncer; quelquefois une guerre d'escarmouche où les troupes légères s'attaquent, se dispersent et reviennent à la charge avec la même célérité; plus souvent encore des sièges

longs et pénibles, où le général, com-
mandant la place, forcé jusques dans
ses derniers retranchemens se voit ré-
duit à la nécessité de subir la loi du
vainqueur.

Telles on voit quelquefois dans une
partie d'Echecs des luttes opiniâtres,
où les Reines soutenues de leur tours
etc., se disputent une position ou
cherchent mutuellement à s'emparer
de quelques pièces ennemies ; quelquefois des attaques partielles, où des cavaliers voltigeant, soit à droite, soit à
gauche, menacent des pièces, en sont
repoussés et reviennent les menacer de
nouveau ; plus souvent encore des as-
sauts multipliés et successifs où le Roi
d'un parti, bloqué et assailli par les

forces de son adversaire, ne peut éviter
le mat qui l'anéantit.

Pour arriver à ce but, où un bon
bon joueur ne cesse d'aspirer, il ne
suffit pas de remuer alternativement
chacune de ses pièces avec des inten-
tions vagues et incertaines. Il faut,
suivant l'occasion, savoir préparer de
loin une attaque, s'y attacher et la
poursuivre avec constance. Il faut néanmoins avoir sans cesse l'œil sur son jeu,
pour le mettre en état de défense contre les efforts, les surprises et les
pièges de votre adversaire.

Comme la tactique de la guerre consiste
dans l'art de ranger les troupes en bataille et de faire les évolutions militaires, de

7

même la théorie-pratique du jeu des Echecs est l'art de donner aux pièces de son jeu une position avantageuse, et de leur faire faire des manœuvres habiles. Ainsi que la première, la scien-ce des Echecs a ses règles, ses prin-cipes, ses stratagèmes, ses ressources ; enfin l'une et l'autre des calculs et des combinaisons aussi illimités.

Si toutefois un amusement frivole peut entrer en parallèle avec une oc-cupation sérieuse, le jeu des Echecs sera sans doute le premier des jeux qu'on puisse jamais prendre pour point de comparaison.

§ IIe. *Moyens différens d'attaque et de défense.*

Les moyens d'attaque et de défense se divisent en plusieurs coups principaux, très–différens dans l'exécution, tels que les découvertes, les doubles échecs, les sacrifices intéressés, les attaques doubles, triples, quadruples, etc., les pièces paralisées, etc.

TITRE Ier.

Des Découvertes.

Placer une pièce derrière une autre, qui, en marchant, démasque la première et lui donne la faculté d'attaquer une pièce ennemie, tandis qu'elle-même en attaque une autre ; tel est en deux mots le système des découvertes doubles.

Les plus fréquentes de celles-ci, s'opèrent à l'aide d'un pion et d'un fou ou d'une Reine. Le pion, faisant un ou deux pas, attaque une pièce ennemie, et le fou ou la Reine, qu'il laisse à découvert, et dont la portée n'est plus interceptée ; en menace une autre.

Ce coup s'effectue aussi par le moyen d'un cavalier ou d'un fou, démasquant une tour sur un Roi, une Reine ou toute autre pièce, et attaquant à la fois son adversaire dans un endroit différent de son jeu.

Le résultat ordinaire d'une découverte double, qui a obtenu un plein succès, est au moins le gain d'une pièce et souvent, par suite, celui de la partie.

Les découvertes simples ne diffèrent des doubles qu'en ce que la pièce qui démasque, n'attaque pas par elle-même aucune pièce ennemie, mais c'est seulement celle qu'elle démas-que.

Sitôt qu'une pièce ennemie vient se placer derrière une des siennes, ne pas rester sous la portée de la première, est le plus sûr moyen d'éviter d'être la victime d'une découverte.

TITRE II.

Des doubles Echecs.

Les doubles échecs se font en met—
tant à la fois en échec le Roi et une au—
tre pièce de son jeu.

Les plus fréquens proviennent du
cavalier ; ce sont aussi les plus dange—
reux, le Roi étant pour lors obligé de
changer de place. On en fait aussi avec
les autres pièces en général.

Il arrive souvent qu'un joueur a
l'imprudence de laisser derrière son
Roi une tour ou une Reine. Si son
adversaire s'en apperçoit, il ne manque

pas, s'il le peut, de donner avec son fou échec au Roi, qui, en se retirant, laisse sa tour ou sa dame sous la portée du fou ennemi. Si le Roi, en se retirant, peut défendre sa pièce, ce double échec procure au moins l'avantage d'un échange ; mais s'il est obligé de l'abandonner, il en résulte la prise d'une pièce ; dans ce dernier cas, la Reine et la tour auraient avantage à donner l'échec n'y eût-il qu'un pion à gagner.

La Reine fait des doubles échecs en attaquant le Roi carrément et une autre pièce de son jeu obliquement, et *vice versâ*.

Le pion en fait aussi en poussant soit un, soit deux pas sur le Roi et

une autre pièce de son jeu. Le pion
étant soutenu, le Roi est forcé de se
retirer et de laisser sa pièce devenir la
proie du pion ennemi. Il y a quelques
fois dans ce dernier coup complication
de doubles échecs et de découvertes;
c'est-à-dire que le pion, en poussant,
peut attaquer en même temps le Roi et
une pièce et découvrir sur une autre,
soit une Reine, soit une tour, soit un
fou de son jeu.

Pour éviter les doubles échecs du
cavalier, il faut le moins possible placer son Roi sur une case de la même
couleur que celles de sa Reine, de ses
tours, etc.; ne pas placer ces mêmes
pièces derrière le Roi, ni sur la même
ligne, à une case d'intervalle, pour ne

pas donner lieu au double échec du pion.

TITRE III.

Des Sacrifices intéressés.

Pour arriver à faire un coup quel‑conque, il n'est pas rare de sacrifier une pièce de son jeu, soit parce qu'elle embarasse les autres pièces de votre jeu, et qu'en la mettant en prise vous découvrez une batterie sur le Roi ou les pièces importantes de votre adversaire ; soit parce que, si votre pièce devient sa proie, il fait, en s'en emparant une ouverture à son jeu, par laquelle vous l'attaquez avec plus de succès ; c'est un stratagème très‑usité, désigné par quel‑.

ques joueurs par le nom de *sacrifices intéressés.*

Tel est le coup, dont il a déjà été mention à l'art. ix des principes particuliers au pion; dans lequel on dissuade de reprendre avec le pion du fou du Roi, le cavalier qui se serait emparé du pion du Roi; (*Voyez le chap.* 10.)

Le moyen d'éviter les conséquences funestes des sacrifices intéressés, que votre adversaire ne vous offre qu'afin d'en retirer avantage, consiste simplement dans la précaution de ne pas se laisser aller à l'appas de prendre une pièce ennemie pour s'exposer à en perdre deux des siennes et quelquefois sa partie.

TITRE IV.

Des attaques doubles, triples, qua-
druples.

———————

Selon la circonstance, les attaques
peuvent devenir doubles, triples et
même quadruples de deux manières.

La première ne diffère des doubles
échecs qu'en ce que, au lieu du Roi
et d'une autre pièce compromis, ce
sont tout simplement deux, trois et
même quatre pièces qu'on attaque avec
la même, sans pour cela donner échec
au Roi. Les attaques quadruples ne
proviennent guère que de la Reine et
du cavalier; il est bien rare qu'alors

votre adversaire puisse d'un seul coup
défendre à la fois ses quatre pièces me-
nacées.

Il résulte souvent de ces attaques la
prise d'une pièce ou au moins d'un
pion, et quelquefois un échange avantageux.

La seconde manière vient de ce
qu'une pièce ennemie que vous attaquez avec une des vôtres, est défendue par une des siennes. Vous en ap-
portez dans ce cas, une autre qui
double l'attaque; votre adversaire y
répond par une des siennes, ainsi de
suite, jusqu'à concurrence de quatre
pièces contre quatre. (*a*) Ces attaques

(*a*) On a vu des attaques quintuples etc.

ne sont fructueuses que lorsque vous êtes certain d'avoir plus de forces disponibles à amener qu'on ne pourra leur en opposer, afin de prendre le premier et le dernier. Dans tous les cas, il ne faut pas reculer, mais soit que l'ennemi se trouve en nombre suffisant pour répondre à votre attaque sans préjudice; soit que vous deviez gagner une pièce quelconque, il est toujours avantageux de prendre autant de fois qu'il y a lieu; parce qu'en temporisant vous donnez à votre adversaire l'attaque, si précieuse dans le courant d'une partie.

Ne pas laisser ses pièces en l'air, c'est-à-dire sans défense, et éviter de les mettre sur des cases de la même

couleur, sera l'unique moyen de
n'être jamais victime des attaques doubles, triples, etc., du cavalier et des
autres pièces.

Cette précaution s'applique indis-
tinctement aux deux sortes d'attaques
qu'on vient d'analyser. Mais il est bon
encore d'observer que, pour mieux se
soustraire à la deuxième sorte d'attaque, il faut examiner d'abord si la (*a*)
pièce de votre jeu peut prendre celle
qui la bat; si, dans le cas contraire,
vous avez assez de forces disponibles
pour repousser celles que l'ennemi
dirigera contre vous. Sinon vous devez retirer, si vous le pouvez, la pièce
que votre adversaire convoite.

_____

(*a*) Il faut prendre alors, s'il est possible.

De ces sortes d'attaques, quand elles sont bien conduites, résultent quelquefois la prise d'une pièce et l'avantage presque certain de désorganiser le jeu de son adversaire.

TITRE V.

Des pièces paralysées.

Les pièces peuvent être paralysées de deux manières, dont l'une est forcée et l'autre volontaire.

Il est très-avantageux de paralyser autant de pièces qu'on peut du jeu de son adversaire. On arrive à ce but, en fermant toutes les avenues d'une pièce par les pièces inférieures de son

propre jeu et surtout par les pions ;
la seconde manière de paralyser une
pièce du jeu de votre adversaire, est
forcée, c'est-à-dire que la pièce ne
peut en aucune façon bouger, quand
elle couvre le roi ennemi et que vous
placez en face une de vos pièces,
dont la portée sur le roi n'est interceptée, qu'autant que la pièce qui
le couvre reste elle-même en proie à
la vôtre.

Cette manière a deux avantages
principaux : le premier de vous donner le loisir de doubler l'attaque, si
le roi se retire, et de prendre la pièce
qui le masquait, si elle n'est pas doublement défendue ; le second d'attaquer une pièce qui cesse d'être dé-

fendue par celle qui couvre le roi,
tant que le roi se trouve derrière elle,
parce que cette pièce ne peut bouger
sans mettre le roi en échec.

On paralyse aussi une pièce ennemie qui en couvre une autre importante, telle que la reine, la tour, etc;
mais le coup n'est plus forcé. Néanmoins il est fort dangereux, parce
qu'il n'est pas probable que votre adversaire préfère laisser en proie à
votre pièce, en retirant celle qui couvre sa reine ou sa tour, ces mêmes
pièces, à laisser en prise la pièce in-
férieure de son jeu qui masque soit
sa tour, soit sa reine.

On ne peut donner de conseils particuliers pour éviter ce coup, qui ne

8.

rentre pas dans les principes généraux, parce que les pièces de votre jeu étant bien défendues les unes par les autres, il n'est jamais préjudiciable ; mais il devient très-important pour celui qui attaque, en ce qu'il lui procure les moyens, quand le jeu de son adversaire n'est pas bien disposé, quelquefois de faire *mat*, fréquemment de s'emparer d'une pièce, et presque toujours d'opérer un échange avantageux.

CHAPITRE VI.

Des différentes sortes de mat.

———

Le *mat* est, sans contredit, le premier des coups, puisqu'il est le seul décisif. Qu'importe en effet que votre adversaire s'empare des meilleures pièces de votre jeu, pourvu que vous le fassiez *mat?* C'est la reine elle-même, malgré son importance, que vous devez sacrifier pour atteindre ce but. Combien de joueurs, qui ne sont pas assez pénétrés de ce principe, ont eu la mortification d'être faits *mat*, au moment même où, triomphant sur tous les points, ils se croyaient certains de la partie et oubliaient, dans l'enivrement de leurs succès éphémères, de garantir leurs rois des surprises de leurs ennemis! delà, les conséquences funestes des *sacrifices intéressés;* delà, les résultats si préjudiciables *des découvertes et doubles échecs,* qui ne sont que des moyens d'arriver au *mat;* puisqu'en gagnant des pièces, on est plus à même de l'opérer.

Bien convaincu que les plus beaux coups, dévasteraient-ils son jeu, ne sont rien, s'ils sont insuffisants pour s'opposer au *mat,* le bon joueur, avant de commencer aucune attaque, aura soin de mettre son roi en sûreté. Il aura aussi la précaution, avant de s'emparer d'aucune pièce ennemie, de s'assurer qu'il peut le faire sans préjudice et que la faute prétendue de son adversaire n'est pas un stratagème. Il tendra lui-même des piéges à son ennemi, en livrant une de ses pièces, dont la perte lui ouvre une entrée dans le jeu de son adversaire, et lui facilite les moyens d'effectuer le *mat.* Il laissera en prise une pièce, afin d'attirer la pièce qui s'en empare, sur une case à la portée d'un cavalier qui donne alors doublement échec au roi et à la pièce ennemie. Il mettra sous la portée d'une autre pièce ennemie, soit un fou soit un cavalier, qui, en s'y plaçant, en découvre une autre sur une pièce plus importante, ou bien fait échec au roi par la découverte , et , quoiqu'en prise , ne peut être pris , et attaque une autre pièce ennemie, qui devient sa proie, tandis que le roi est obligé de parer l'échec.

Tous ces coups sont moins importans par eux-mêmes que par le *mat* qu'ils préparent. Ils peuvent en être regardés comme les avant-coureurs. Néanmoins ils ne donnent que de l'espoir ; le *mat* le réalise. Il est bien rare qu'ils ne laissent aucune ressource ; le *mat* en anéantit l'objet ; son arrêt est irrévocable.

Les différentes sortes de *mat* sont aussi nombreuses que les divers coups dont ils proviennent ; voici les principaux :

§ Ier. Mat *par le fou et la dame* (*a*).

Ce *mat* est le plus fréquent; (*b*) parce que la dame, étant la plus forte pièce dans l'attaque, s'appuie ordinairement du fou du roi, qui est la pièce la plus facile à développer. On appelle *échec du berger*, celui qui se présente le premier, au commencement d'une partie.

Exemple :

Situation; les pièces à leur place.

1 Blanc. Le pion du roi deux pas.

Noir. De même.

2. B. Le fou du roi à la quatrième case du fou de la dame.

N. Le pion de la dame un pas.

(*a*) La reine s'appelle aussi la dame.

(*b*) On fait aussi très-souvent *mat* par la dame et la tour, mais dans une partie avancée; parce que les tours sont rarement disponibles au commencement.

3 B. La reine à la troisième case du fou du Roi.

N. Le cavalier de la Reine à la troisième case du fou de la Reine (a).

4 B. La Reine donne échec et *mat* à la deuxième case du fou du Roi noir.

Les autres *mat* par la Reine et le fou ne sont pas tous aussi faciles à parer, quelquefois même ils sont forcés; ce qui arrive le plus souvent lorsqu'on parvient à glisser entre les pions de son adversaire, un fou et qu'il ne peut empêcher la Reine, soutenue du fou, de venir attaquer le Roi, parce que dans cette position le Roi n'a pas de retraite.

_____

(a) Si, au troisième coup, au lieu de jouer le cavalier de la reine, le noir eût défendu, soit

§ IIe. Mat *par les deux Tours.*

Ce *mat* ne se fait guère que dans une partie avancée et lorsque le Rói est à découvert. Les tours commencent par se doubler et donnent alors échec, quand le Roi a une retraite seulement; car, dans le cas contraire, il n'est pas nécessaire de doubler les tours; il suffit d'en placer une à l'extrémité d'une ligne , loin du Roi, pour n'en être pas attaqué, et lui barrer le passage;

---

par sa reine , soit par le cavalier du roi, le pion du fou du roi, ou poussé le même pion un pas , l'attaque du blanc n'eût eu pour le noir aucune suite fâcheuse.

Il faut, pour tenter *l'échec du berger,* compter ou sur l'ignorance ou sur l'inattention de son adversaire.

9

puis, plaçant la seconde à l'extrémité
de la ligne la plus voisine, de lui donner échec et successivement avec l'une
et l'autre tour, jusqu'à ce que le *mat*
s'en suive.

Lorsque le Roi se couvre d'une pièce,
et qu'elle n'est soutenue que par lui,
il est facile aux tours de s'en emparer,
en se doublant, et de forcer le *mat* ensuite.

On ne peut répéter trop souvent
qu'il ne faut pas juger d'une partie par
le nombre des pièces, mais par la position. Aussi pourrait-on citer mille
exemples de parties perdues, quoique
fort supérieures en apparence à celles
qui avaient le dessus. L'attaque même
suffit pour décider du gain d'une par-

tie, parce qu'avec toutes les pièces du jeu, le noir doit perdre s'il ne peut parer le *mat* que le blanc lui prépare avec les moindres pièces.

Qu'on suppose donc deux jeux égaux en pièces et même en position, le blanc devra gagner le noir parce qu'il possède l'attaque. Le noir, néanmoins comme le blanc, a l'avantage par la situation de ses pièces, qui tiennent son ennemi sous le *mat*; de manière que ce soit l'attaque seule que le blanc pousse vivement, qui fasse perdre son adversaire.

§ III. Mat *par toutes sortes de piè-*
ces, telles que le cavalier, le fou,
le pion, etc., etc.

———

Un seul Cavalier peut faire *mat* le
Roi, lorsque ce dernier est entouré
de pièces de son jeu, de manière à ne
pouvoir bouger. On appelle ce mat :
étouffé.

On fait aussi ce *mat* avec un fou et
même (*a*) un pion; le cas est rare.

Dans le courant d'une partie, quand
le Roi, après avoir roqué, n'a pas eu
la précaution de se donner de l'air en
poussant un des pions, et qu'il n'a pas

———

(*a*) Quand le pion est soutenu.

de pièce , là , pour couvrir l'échec , **une seule tour peut le faire *mat* étouffé.**

Il serait superflu d'entrer dans la description de tous les *mats* qui se font avec toutes les pièces du jeu , sans distinction , et qui dépendent ordinairement de la position. Il suffit de dire que les plus fréquens se font avec la dame soutenue d'une pièce quelconque , qu'on en fait avec les tours , où enfin plus rarement , il est vrai , avec le fou , le cavalier , le pion , etc.

———

9.

CHAPITRE VII.

Du Pat *et des parties nulles.*

Le *Pat* est la ressource du bon
joueur dans une partie désespérée.
Afin d'y arriver, il met son Roi dans
l'impossibilité de jouer sans se mettre
en échec, mais, autant que possible,
hors de la portée d'aucune pièce ennemie, pour éviter le *mat*. Dans cette
situation, il cherche à se débarrasser de
toutes les pièces de son jeu qu'il pourrait avoir encore à jouer, en les mettant exprès en prise. Quand il lui reste
une tour et qu'il n'a qu'elle à jouer, il

poursuit le Roi ennemi par des échecs, sans craindre de se mettre en prise, parce qu'en prenant sa tour, on le ferait *pat*. L'adversaire aura donc soin de ne pas s'en emparer et de lui donner avec sa tour des Échecs perpétuels; ce qui équivaut à une partie nulle. Cette dernière sorte de *pat* est la seule for-cée. Les autres ne sont qu'accidentelles, c'est-à-dire, qu'elles dépendent de la faute et de l'inattention de l'adversaire; qui, jusqu'au dernier coup, a toujours la faculté de donner du jeu au Roi ennemi, soit en retirant les pièces qui bloquent le Roi ennemi, soit en les laissant prendre par le même Roi. (*a*)

(*a*) Il est à remarquer que c'est l'unique cir-constance où une pièce soit forcée de prendre, et que cette pièce ne peut être que le roi.

C'est dans une position très désespérée qu'il faut se trouver, pour sentir
combien il est doux d'être fait *pat*. La
nullité est alors aussi précieuse qu'une
victoire, et l'adversaire en s'apperce-
vant de sa méprise, est presque aussi
mortifié de l'avoir commise, que si la
perte de la partie en était le résultat.

La partie est nulle toutes les fois
qu'ayant l'échec perpétuel, on ne
l'abandonne pas. Le Roi n'ayant aucun
moyen de couvrir ni de parer l'échec
sans changer de place, et ne pouvant
s'y soustraire, qu'en se remettant alternativement aux mêmes places, sans
pouvoir néanmoins être fait *mat*, rend
la partie forcément nulle, si on persiste
à continuer de donner échec.

A moins d'une faute des plus gros-
sières, la partie est nulle lorsqu'il ne
reste sur jeu :

Qu'un Roi et une Reine contre un
Roi et une Reine;

Qu'une tour contre une tour;

Qu'un cavalier contre un cavalier;
ou un cavalier contre un fou;

Qu'un fou contre un fou; ou un fou
contre un cavalier.

On doit encore regarder comme
nulle, à moins que la position ne soit
toute à l'avantage du premier,

S<small>AVOIR</small>:

Uu Roi et un pion contre (*a*) un Roi seul;　　(*Voyez chap*. II.)

(*b*) Deux cavaliers ou deux fous contre un Roi seul, ou un fou et un cavalier, et *vice versâ*. Ces pièces ne pouvant faire *mat* que dans une situation particulière.

On croit même qu'un Roi et une tour contre un Roi et un fou ne sont pas capables de gagner la partie.

(*a*) Il est nécessaire que le roi seul puisse jouer lorsque le pion fait un pas derrière lui.

(*b*) Voyez la note (*b*) page 67.

CHAPITRE VIII.

Des Gambits.

On donne le nom de *Gambit* à une espèce d'attaque particulière qui consiste dans le sacrifice du pion du fou du Roi, qui vous mène ordinairement à gagner une pièce pour deux ou trois pions, ou simplement à la perte d'un pion compensée par le plaisir d'avoir toujours l'attaque et l'espérance de gagner; ce qu'on ferait indubitablement, si le défenseur ne jouait pas régulièrement les dix ou douze premiers coups.

Exemple de plusieurs Gambits.

§ Ier. PREMIER GAMBIT.

Coups.

1. B. Le pion du Roi deux pas.

    N. De même.

2. B. Le pion du fou du Roi deux pas.

    N. Le pion du Roi prend le pion.

3. B. Le Cavalier du Roi à la troisième case de son fou.

    N. Le pion du cavalier du Roi deux pas.

4. B. Le fou du Roi à la quatrième case du fou de sa dame.

    N. Le fou du Roi à la seconde case de son cavalier.

5. B. Le pion de la tour du Roi deux
     pas.

   N. Le pion de la tour du Roi un
     pas.

On laisse à la volonté des joueurs
les autres coups. Mais il est bon d'avertir ici, pour règle générale, que, dans
l'attaque des Gambits, le fou du Roi
est la meilleure pièce, et le pion du
Roi le meilleur pion. Il est de conséquence dans l'attaque du Gambit de
ne point ménager vos pions du côté de
votre Roi, et même de les sacrifier
tous en cas de besoin, pour le seul
pion du Roi ennemi, parce que ce pion
empêche votre Reine d'entrer en action
et de se joindre aux pièces qui forment
votre attaque.

SECOND GAMBIT.

1. B. Le pion du Roi deux pas.
   N. De même.
2. B. Le pion du fou du Roi deux pas.
   N. Le pion prend le pion.
3. B. Le fou du Roi à la quatrième case du fou de sa Dame.
   N. La Dame donne échec.
4. B. Le Roi à la case de son fou.
   N. Le pion du cavalier du Roi deux pas.
5. B. Le cavalier du Roi à la troi-sième case de son fou.
   N. La Dame à la quatrième case de la tour de son Roi.
6. B. Le pion de la Dame deux pas.
   N. Le pion de la Dame un pas.

7. B. Le pion du fou de la Dame un pas.

On laisse jouer le reste à chacun d'après ses lumières.

Troisième Gambit.

———

1. B. Le pion du Roi deux pas.
   N. De même.
2. B. Le pion du fou du Roi deux pas.
   N. Le pion de la Dame deux pas.
3. B. Le pion du Roi prend le pion.
   N. La Dame prend le pion (a)
4. B. Le pion du fou prend le pion.
   N. La Dame reprend le pion et donne échec.

———

(a) S'il prend le pion du fou de votre Roi avec le pion de son Roi cela fait toute une autre partie.

5. B. Le fou couvre l'échec (a).

N. Le fou du Roi à la troisième case de sa Dame.

6. B. Le cavalier du Roi à la troisième case de son fou.

N. La Dame à la deuxième case de son Roi.

On ne va pas plus loin, l'attaque du Gambit étant détruite.

_____

(a) La partie dans cette situation, ne peut que paraître entièrement égale de part et d'autre; cependant il faut observer que le jeu blanc a de l'avantage, quoiqu'il soit très-peu considérable: la raison est qu'à son aile gauche, il conserve quatre pions avec celui de sa Dame, pendant que le noir a les siens divisés trois par trois et tous séparés du centre; c'est pourquoi le blanc, est par ce moyen, mieux en état d'empêcher les pièces de son adversaire de se poster dans le milieu de l'échiquier.

§ II. GAMBIT DE LA DAME,

SURNOMMÉ

LE GAMBIT D'ALLÈPE.

Coups.

1. B. Le pion de la Reine deux pas.
   N. De même.
2. B. Le pion du fou de la Dame deux pas.
   N. Le pion prend le pion.
3. B. Le pion du Roi deux pas.
   N. Le pion du Roi deux pas (*a*).
4. B. Le pion de la Dame un pas.
   N. Le pion du fou du Roi deux pas.

(*a*) Si le noir, au lieu de jouer ce pion, eût soutenu celui du Gambit, il s'exposait à perdre la partie.

5. B. Le cavalier de la Dame à la troisième case de son fou.

N. Le cavalier du Roi à la troisième
case de son fou.

6. B. Le pion du fou du Roi un pas.

N. Le fou du Roi à la quatrième
case du fou de sa Dame.

7. B. Le cavalier de la Dame à la quatrième case de sa tour (a).

N. Le fou prend le cavalier près la
tour du Roi blanc.

8. B. La tour reprend le fou.

N. Le Roi roque.

(a) Si au lieu de jouer ce cavalier pour vous
défaire du fou de son Roi, ou le faire retirer de
cette ligne, vous eussiez pris le pion du Gambit,
vous perdiez la partie en ce que le noir, en reper-
dant son pion, regagnait l'attaque sur vous.

9. B. Le cavalier à la troisième case du fou de sa Dame.

N. Le pion prend le pion.

10. B. Le fou du Roi prend le pion du Gambit.

N. Le pion prend le pion du fou du Roi blanc.

11. B. Le pion reprend le pion (a).

N. Le fou de la Reine à la quatrième case du fou de son Roi.

C'est au blanc qui a fait le Gambit à profiter de son attaque, il est presque certain que s'il la poursuit vivement et

---

(a) En reprenant ce pion, vous donnez une ouverture à votre tour sur son Roi, et ce pion sert aussi à mieux couvrir votre Roi, outre qu'il arrête son cavalier ; et malgré votre pion de moins, vous avez plutôt l'avantage, par l'attaque, dans cette partie.

sans faire de faute grâve, il doit gagner la partie, à moins que le noir n'en fasse aucune.

Avant de terminer ce chapitre, on doit observer qu'il est de la même conséquence, dans l'attaque du Gambit de la Dame, de séparer les pions de l'adversaire de ce côté, que dans les Gambits du Roi de séparer ceux du côté du roi.

Il y a encore une sorte de Gambit dont on ne parle pas en détail, c'est le Gambit de *Cunningham*; ce Gambit consiste dans la perte de trois pions compensée par la prise d'un fou. Mais il a paru prouvé que les pions, lorsqu'ils sont bien conduits, doivent gagner la partie.

RÉSUMÉ

des huit chapitres précédens.

———

La connaissance parfaite de la marche et de la portée de chaque pièce est sans doute la plus indispensable, puisque sans elle, on ne serait pas en état de comprendre les différens coups qu'elles opèrent; mais comme on n'a pas acquis la science de la guerre pour avoir appris le maniement des armes, de même vous êtes loin encore de posséder le jeu des échecs, pour en connaître les élémens préliminaires.

Il est donc bien important d'étudier

les principes généraux et d'en faire
l'analyse particulièrement; de juger des
effets par les causes et de remonter à
la source des résultats. Il n'est pas moins
essentiel pour faire des progrès rapides
dans ce jeu, de se rendre raison des
conseils qu'on reçoit, de ne jouer aucun coup sans en pouvoir donner une
explication motivée ; c'est par l'examen
des plus petites singularités, des plus
minutieuses observations, qu'on forme
du tout un assemblage de connaissances
diverses et non moins en harmonie pour
cela; parce qu'en les possédant toutes,
on fait servir les unes au succès des
autres.

Ainsi, on ne parviendrait jamais au
mat, le seul coup décisif, si l'on ne

connaissait ni les découvertes, ni les
doubles échecs; ni les autres différentes attaques. Comment se défendrait-on
des surprises et des stratagèmes de son adversaire, sans être soi-même en état de les
essayer? de là, la nécessité de n'ignorer
aucun des coups qui peuvent se présenter;
aussi n'est-ce que par la pratique qu'il
sera possible de s'en instruire peu à peu.
Sans la pratique la théorie est insuffisante; la pratique sans la théorie l'est
bien moins, parce que l'expérience sup-
plée aux préceptes, il est vrai que les
progrès sont alors bien lens.

Il est tel coup, dont la description ne
sera jamais bien compréhensible, vu la
difficulté de présenter un apperçu ra-
pide et exact du jeu, comme on le

ferait d'un seul coup-d'œil. Les con-,
seils, même les plus généraux, ont besoin, pour être bien saisis, qu'on les
mette en pratique. A plus forte raison,
les coups longs et difficiles, les combinaisons savantes, et enfin toutes les
opérations dont les résultats ne se
montrent que lentement, ne peuvent
se passer dans la démonstration, de la
pratique et de l'exemple.

C'est ainsi qu'on apprend à fuir les
découvertes, les doubles échecs, les
attaques compliquées, les sacrifices
intéressés, enfin les pièces paralysées.

Et c'est ainsi qu'on apprend à tendre sans cesse ces mêmes coups à son
adversaire et à les faire réussir.

On ne s'instruit pas autrement des différens *mat* à opérer, et des moyens de s'y soustraire, des ressources à tirer d'une partie en apparence très-désespérée, en se faisant faire *pat*, ou en donnant l'échec perpétuel.

Enfin c'est la pratique qui donne cet aplomb et cette habitude si nécessaires pour embrasser d'un coup-d'œil l'étendue du jeu, et en parcourir les ramifications dans un instant.

Tout en démontrant l'utilité de la pratique, on ne veut pas faire regarder la théorie comme superflue ; on a seulement dit que la pratique se passerait plutôt de la théorie que la théorie de la pratique ; mais que les progrès seraient alors bien lents. De même que sans l'une on manque d'assurance et d'habitude; ce qui vous fait mettre beaucoup plus de temps entre chaque coup, et rend la partie longue et fatiguante; de même aussi sans l'autre, on est exposé à être victime d'un coup qu'on ignore; ce qui vous ôte la certitude du gain de la partie et donne à votre adversaire de nouvelles ressources contre vous à chaque nouveau coup qui se présente.

Si l'on joint à ces raisons, celle non moins persuasive qu'il est des situations qui s'offrent rarement, et qu'il est bien difficile d'en saisir dans un moment la force ou le vice; on n'aura pas de peine à se convaincre qu'il faut unir l'exemple au précepte et que pour arriver à une force raisonnable, il est nécessaire de beaucoup jouer après avoir acquis les notions préliminaires, et de mettre à exécution les conseils qu'on reçoit, en se rendant compte de chaque coup. C'est pour avoir négligé de raisonner le jeu qu'on a vu des joueurs faire, pendant des années entières, les mêmes fautes, et en être constamment victimes.

Qu'on n'aille pas se récrier sur l'importance excessive qu'on semble mettre à bien jouer ce jeu, sans le connaître et le pratiquer. On ressemblerait à l'aveugle-né qui parlerait des couleurs.

Le jeu des échecs est une récréation fort innocente par elle-même,

puisqu'on y joue rarement de l'ar-
gent. D'ailleurs, l'intérêt naturel du
jeu l'emporte même alors sur l'intérêt
étranger qu'on veut y adjoindre. D'où
vient cet intérêt? de la multiplicité des
coups et de l'étendue des combinaisons. L'intérêt doit donc augmenter
à mesure qu'on acquiert de nouvelles
connaissances; et le plaisir par conséquent. A-t-on jamais trouvé étrange
de chercher à augmenter les moyens
honnêtes de plaisir !

On a joint aux huit premiers chapitres consacrés à la théorie, quatre
chapitres supplémentaires qui le sont
à la pratique exclusivement.

CHAPITRES SUPPLÉMENTAIRES.

CHAPITRE IX,

où l'on démontre une partie bien dé-
veloppée, (tirée d'un livre imprimé
sur les échecs en 1792).

Coups.

1. B. Le pion du roi deux pas.
   N. De même.
2. B. Le fou du roi à la quatrième
   case du fou de sa dame.
   N. De même.
3. B. Le pion du fou de la dame un
   pas.

11.

N. Le cavalier du roi à la troisième case de son fou.

4. B. Le pion de la dame deux pas.

N. Le pion le prend.

5. B. Le pion reprend le pion.

N. Le fou du roi à la troisième case du cavalier de sa dame.

6. B. Le cavalier de la dame à la troisième case de son fou.

N. Le roi roque.

7. B. Le cavalier du roi à la seconde case de son roi.

N. Le pion du fou de la dame un pas.

8. B. Le fou du roi à la troisième case de sa dame.

N. Le pion de la dame deux pas.

9. B. Le pion du roi un pas.

N. Le cavalier du roi à la case de son roi.

10. B. Le fou de la dame à la troisième case du roi.

N. Le pion du fou du roi un pas.

11. B. La dame à la seconde case.

N. Le pion du fou du roi prend
le pion.

12. B. Le pion de la dame le reprend.

N. Le fou de la dame à la troisième case de son roi.

13. B Le cavalier du roi à la quatrième case du fou de son roi.

N. La dame à la seconde case
de son roi.

14. B. Le fou de la dame prend le
fou noir.

N. Le pion prend le fou.

15. B. Le roi roque du côté de sa
tour.

N. Le cavalier de la dame à la
seconde case de sa dame.

16. B. Le cavalier prend le fou noir.

N. La dame reprend le cavalier.

17. B. Le pion du fou du roi deux pas.

N. Le cavalier du roi à la seconde case du fou de sa dame.

18. B. La tour de la dame à la case de son roi.

N. Le pion du cavalier du roi un pas.

19. B. Le pion de la tour du roi un pas.

N. Le pion de la dame un pas.

20. B. Le cavalier à la quatrième case de son roi.

N. Le pion de la tour du roi un pas.

21. B. Le pion du cavalier de la dame un pas.

N. Le pion de la tour de la dame
un pas.

22. B. Le pion du cavalier du roi
deux pas.

N. Le cavalier du roi à la quatrième case de sa dame.

23. B. Le cavalier à la troisième case
du cavalier de son roi.

N. Le cavalier du roi à la troisième case du roi adversaire.

24. B. La tour de la dame prend le
cavalier.

N. Le pion reprend la tour.

25. B. La dame prend le pion.

N. La tour de la dame prend le
pion de la tour opposée.

26. B. La tour à la case de son roi.

N. La dame prend le pion du
cavalier de la dame blanche.

27. B. La dame à la quatrième case
de son roi.

N. La dame à la troisième case
de son roi.

28. B. Le pion du fou du roi un pas.

N. Le pion le prend.

29. B. Le pion reprend le pion.

N. La dame à sa quatrième case.

3o. B. La dame prend la dame.

N. Le pion reprend la dame.

31. B. Le fou prend le pion en prise.

N. Le cavalier à sa troisième case.

32. B. Le pion du fou du roi un pas.

N. La tour de la dame à la seconde case du cavalier de la
dame contraire.

33. B. Le fou à la troisième case de
sa dame.

N. Le roi à la seconde case de
son fou.

34. B. Le fou à la quatrième case du
fou du roi noir.

N. Le cavalier à la quatrième
case du fou de la dame blanche.

35. B. Le cavalier à la quatrième case
de la tour du roi noir.

N. La tour du roi donne échec.

36. B. Le fou couvre l'échec.

N. Le cavalier à la deuxième case
de la dame blanche.

37. B. Le pion du roi donne échec.

N. Le roi à la troisième case de
son cavalier.

38. B. Le pion du fou du roi un pas.

N. La tour à la case du fou de
son roi.

39. B. Le cavalier donne échec à la
quatrième case du fou de son
roi.

N. Le roi à la seconde case de
son cavalier.

40. B. Le fou à la quatrième case
de la tour du roi noir.

N. Ce qu'il voudra; le blanc
pousse à dame.

La partie ne va pas plus loin dans
le livre; parce qu'on suppose qu'une
dame de plus pour les blancs doit
leur faire gagner indubitablement la
partie.

REMARQUE.

Outre l'exemple de développement
qu'offre la partie ci-dessus, elle démontre en outre combien il est essentiel de bien conduire ses pions, de ne
jamais les jouer sans qu'ils soient tous

défendus ; enfin qu'un pion, en allant
faire une dame, décide du gain de la
partie ; parce que l'adversaire est souvent obligé, pour l'empêcher, de sa—
crifier une pièce, et qu'il n'a pas toujours même cette ressource.

CHAPITRE X,

où l'on démontre qu'il est très-désa-
vantageux de reprendre au com-
mencement d'une partie, par le pion
du fou du roi, le cavalier qui s'est
emparé du pion du roi ; et qu'on
peut, avec la reine, parer ce coup
sans préjudice.

Coups.

1. B. Le pion du roi deux pas.

   N. De même.

2. B. Le fou du roi à la quatrième
   case du fou de sa reine.

   N. De même.

3. B. Le cavalier du roi à la troisième
   case de son fou.

N. Le pion du fou du roi un pas.

4. B. Le cavalier du roi prend le pion du roi contraire.

N. La reine sur la seconde case de son roi.

5. B. Le cavalier se retire n'importe où (a); pourvu qu'il ne se mette pas en prise (b), et qu'il n'expose pas le fou.

(a) On aurait dû dire simplement à la troisième case du fou du roi, parce qu'en se mettant à la troisième case de la dame, il expose le fou à être pris par la reine en donnant l'échec.

(b) Si au lieu de retirer le cavalier on eût donné échec au roi noir par le fou blanc, on eût perdu une pièce.

5. B. Le fou blanc donne échec.

N. Le roi à la case de son fou.

6. B. Le cavalier où il voudra.

N. La reine prend le pion par échec.
6. B. Le fou couvre l'échec, etc.

On a vu le moyen de parer l'attaque du cavalier qui prend le pion du
roi, en mettant la reine sur la seconde
case de son roi.

On va se convaincre maintenant du
danger de reprendre le même cavalier
avec le pion du fou du roi.

———————————————

N. La reine prend le pion du roi par échec.
7ᵉ B. Le roi à la case de son fou pour défendre
    le pion de son cavalier.
N. Le roi prend le fou blanc.

On voit par cette note, qu'outre son pion qu'il
récupère, le noir gagne encore une pièce, si son
adversaire donne l'échec au lieu de se retirer tout
simplement et de restituer le pion qu'il a pris, de
bonne grâce.

Coups.

1. B. Le pion du roi deux pas.

N. De même.

2. B. Le fou du roi à la quatrième
case du fou de sa dame.

N. De même.

3. B. Le cavalier du roi à la troisième
case de son fou.

N. Le pion du fou du roi un pas.

4. B. Le cavalier du roi prend le pion.

N. Le pion prend le cavalier. (*a*)

5. B. La reine fait échec.

N. Le pion du cavalier un pas
couvre l'échec. (*b*)

(*a*) C'est en quoi consiste la faute ; il ne fal-
lait pas prendre le cavalier ; mais placer la reine
sur la seconde case de son roi, comme on l'a dé-
montré plus haut.

(*b*) Si au lieu de couvrir l'échec par le pion,
le roi se fût placé soit à la case de son fou, soit
à sa seconde case, il était *mat* par la reine.

12.

6. B. La reine prend le pion du roi
par échec.

N. Le fou à la seconde case (*a*)
de son roi; couvre l'échec.

7. B. La reine prend la tour (*b*).

N. Le pion de la dame un pas (*c*).

8. B. La reine prend le cavalier par
échec (*d*).

(*a*) Si au lieu de couvrir le roi avec le fou, on l'eût fait avec le cavalier, la reine eût pris la tour par échec et *mat*.

Si on eût couvert avec la reine, la reine blanche eût toujours pris la tour. Cette dernière façon eût été néanmoins la meilleure.

(*b*) Le cavalier est menacé et sa prise entraînerait le *mat* si le roi ne se donnait de l'air.

(c) Pour donner au roi un débouché.

(*d*) On eût pu peut-être éviter la prise de ce cavalier en parant l'échec avec la dame au lieu

N. Le roi à la seconde case de sa
dame (*a*).

Sans aller plus loin, on se convaincra facilement que les blancs avec l'a-
vantage de deux pions et d'une tour
de plus, et celui non moins précieux
de l'attaque, doivent gagner indubitablement la partie.

---

du fou au sixième coup ; mais la dame blanche
prend toujours la tour forcément. Si la dame
noire eût pris le pion par échec, le fou blanc cou-
vrait l'échec ; la dame noire n'a rien alors de plus
urgent que de venir défendre son cavalier ; et la
dame blanche de prendre le pion de la tour du
roi noir. Il reste aux blancs l'avantage d'un échange
de deux pions de plus et de l'attaque.

(*a*) Pour éviter le *mat*.

CHAPITRE XI,

Où l'on démontre la défense du Roi seul contre un pion et un Roi.

***

SITUATION :

Le Roi blanc à sa deuxième case.

Le pion du Roi blanc ayant fait un pas.

Le Roi noir à sa quatrième case.

1er. coup. B. Le Roi à la hauteur de son pion.

N. Le Roi devant le Roi.

2. B. Le pion donne échec.

N. Le Roi devant le pion.

3. B. Le Roi à sa troisième case.

N. Le Roi de même.

4. B. Le Roi à la hauteur de son pion.

    N. Le Roi devant le Roi.

5. B. Le pion donne échec.

    N. Le Roi devant le pion.

6. B. Le Roi à sa quatrième case.

    N. Le Roi à sa deuxième case.

7. B. Le Roi à la hauteur de son pion.

    N. Le Roi devant le Roi.

8. B. Le pion donne échec.

    N. Le Roi devant le pion.

9. B. Le Roi à la quatrième case du Roi contraire.

    N. Le Roi à sa case.

10. B. Le Roi à la hauteur de son pion.

    N. Le Roi devant le Roi.

11. B. Le pion donne échec.

    N. Le Roi devant le pion.

12. B. Le Roi à la troisième case du

Roi contraire le fait *pat* et la
partie est nulle. S'il abandonne
son pion , elle est encore nulle.

———

CHAPITRE XII,

Où l'on démontre deux Mat *forcés par la tour.*

§ Ier. Mat *forcé par un Roi et une tour contre un Roi seul.*

SITUATION:

Noir. Le Roi à sa troisième case.
La tour de la Reine à sa quatrième case.

Blanc. Le Roi à sa quatrième case.

1. N. La tour donne échec à la quatrième case de la tour contraire.

B. Le Roi à la troisième case de son fou.

2. N. Le Roi à sa quatrième case.

   B. Le Roi à la troisième case de son cavalier.

3. N. La tour à la quatrième case du fou du Roi contraire.

   B. Le Roi à la deuxième case de son cavalier.

4. N. Le Roi à la quatrième case du Roi contraire.

   B. Le Roi à la troisième case de son cavalier.

5. N. Lé Roi à la troisième case du Roi contraire.

   B. Le Roi à la deuxième case de son cavalier.

6. N. La tour à la troisième case du fou du Roi contraire.

   B. Le Roi à la case de son cavalier.

7. N. La tour à la deuxième case du fou du Roi contraire.

B. Le Roi à la case de sa tour.

8. N. Le Roi à la troisième case du
fou du Roi contraire.

B. Le Roi à la case de son cavalier.

9. N. Le Roi à la troisième case du cavalier du Roi contraire.

B. Le Roi à la case de sa tour.

10. N. La tour à la case du fou du Roi
contraire donne échec et *mat*.

Ce *mat* est forcé; c'est-à-dire qu'il
est impossible au Roi seul contre un
Roi et une tour de résister à ces der-
nières pièces, n'importe comment il
joue; pourvu que la tour et le Roi con-
traires suivent à peu-près la marche in-
diquée dans ce paragraphe.

§ II. *Le Mat du fou et de la tour, contre une tour.*

___

La situation dans laquelle on met les pièces est la plus avantageuse pour la tour qui défend le *mat*; mais en cas qu'elle ne s'y place point, il est assez facile de forcer le Roi à l'extrémité de l'échiquier.

SITUATION:

Noir.

Le Roi à sa case, et la tour à la deuxième case de sa Dame.

Blanc.

Le Roi à la troisième case du Roi noir.

La tour sur la ligne du fou de la Dame,
et le fou à la quatrième case du Roi
noir.

1 coup B. La tour donne échec.

N. La tour couvre l'échec.

2. B. La Tour à la deuxième case du
fou de la Dame noire.

N. La tour à la deuxième case de la
Dame blanche.

3. B. La tour à la deuxième case du
cavalier de la Dame noire.

N. La tour à la case de la Dame
blanche.

4. B. *Sur lequel il y a un renvoi.*
La tour à la deuxième case du
cavalier du Roi noir.

N. La tour à la case du fou du Roi
blanc.

5. B. *Sur lequel il y a un renvoi.*

Le fou à la troisième case du
cavalier de son Roi.

N. Le Roi à la case de son fou.

6. B. La Tour à la quatrième case du
cavalier de son Roi.

N. Le Roi à sa place.

7. B. *Avec un troisième renvoi.*
La tour à la quatrième case du
fou de sa Reine.

N. La tour à la case de la Dame
blanche.

8. B. Le fou à la quatrième case de la
tour de son Roi.

N. Le Roi à la case de son fou.

9. B. Le fou à la troisième case du fou
du Roi noir.

N. La tour donne échec à la case
du Roi blanc.

10. B. Le fou couvre l'échec.

N. Le Roi à la case de son cavalier.

11. B. La tour à la quatrième case de
la tour du Roi, et donne échec
et *mat* le coup après.

PREMIER RENVOI

au quatrième coup.

4. coup B. La tour à la deuxième case
du cavalier du Roi noir.

N. Le Roi à la case de son fou.

5. B. La tour à la deuxième case de
la tour du Roi noir.

N. La tour à la case du cavalier du
Roi blanc.

6. B. *Avec un renvoi sur ce même
renvoi.*

La tour à la deuxième case du
fou de la Dame noire.   13.

N. La tour donne échec à la troisième case du cavalier de son
Roi.

7. B. Le fou couvre l'échec.

N. Le Roi à la case de son cavalier.

8. B. La tour donne échec.

N. Le Roi à la deuxième case de sa
tour.

9. B. La tour donne échec et *mat* à la
case de la tour du Roi noir.

Suite du sixième coup sur ce renvoi,
en cas qu'il ne donne point échec.

6. B. La tour à la deuxième case du
fou de la Dame noire.

N. Le Roi à la case de son cavalier.

7. B. La tour donne échec à la case
du fou de la Dame.

N. Le Roi à la deuxième case de sa tour.

8. B. La tour donne échec à la case de la tour du Roi noir.

N. Le Roi à la troisième case de son cavalier.

9. B. La tour donne échec à la case du cavalier du Roi noir, et prend la tour pour rien.

SECOND RENVOI,

Sur le cinquième coup du Mat de la tour et du fou, contre la tour.

———

5. coup. B. Le fou à la troisième case du cavalier de son Roi.

N. La tour à la troisième case du fou du Roi blanc.

6. B. Le fou à la troisième case de la Dame noire.

   N. La tour donne échec.

7. B. Le fou couvre l'échec.

   N. La tour à la troisième case du fou du Roi blanc.

8. B. La tour donne échec à la deuxième case du Roi noir.

   N. Le Roi à la case de sa Dame.

9. B. La tour à la deuxième case du cavalier de la Dame noire, et donne échec et *mat* le coup après, à la case de la Dame noire.

TROISIÈME RENVOI,

sur le septième coup.

7. B. La tour à la quatrième case du

fou de sa Dame.

N. Le Roi à la case de son fou.

8. B. Le fou à la quatrième case du Roi noir.

N. Le Roi à la case de son cava-lier.

9. B. La tour à la quatrième case de la Tour de son Roi, et donne *mat* le coup suivant à la case de la tour du Roi noir.

FIN.

TABLE
DES MATIÈRES.

(155)

CHAPITRES SUPPLÉMENTAIRES.